リマの まっ赤な からい チリとうがらし

Lima's Red Hot Chilli Pepper

written by David Mills
illustrated by Derek Brazell

Japanese translation by Toshi Ikagawa

がっこうから 家へ かえってきた リマは
おなかが すいていたので、
「おなかが ペコペコだわ！」と いいました。

When Lima got home from school
she felt hungry.
"I feel hungry!" she said.

「キッチンに いっぱい たべるものが ありますよ！」
と 大ごえで おかあさんが いいました。
「でも まっ赤な からい チリとうがらしだけは
たべないでね！」

“Plenty of food in the kitchen!”
shouted her mother.
“But don’t eat the red hot chilli!”

そこで リマは おやつを さがしに キッチンへ いきました。

まず 毛のはえた ちゃ色の ココヤシの実を みつけましたが
それは ちょっと、、、かたすぎました。

So Lima went to the kitchen for a nibble,

She found a hairy brown coconut
But it was just ... too hard.

テカテカした サモサは
ちょっと、、、つめたすぎました。

The shiny samosas
Were just … too cold.

かんづめの スパゲッティは
ちょっと、、、むずかしすぎました。

The can of spaghetti
Was just ... too difficult.

そして、ベットリした あまい おかしは
ちょっと、、、たかくて リマには 手が とどきません。

And the sticky sweets
Were just ... too high up for Lima.

そのとき それが 目に とまりました。
いちばん おいしそうで、ツヤツヤして、
まっ赤な、、、もの！
あの まっ赤な からい チリとうがらし！

Then she saw it.
The most delicious, shiny, red ... thing!
The RED HOT CHILLI.

リマは しずかに こっそりと
チリとうがらしを ひょいと 口に いれました。

Quietly and secretly
Lima popped it into her mouth.

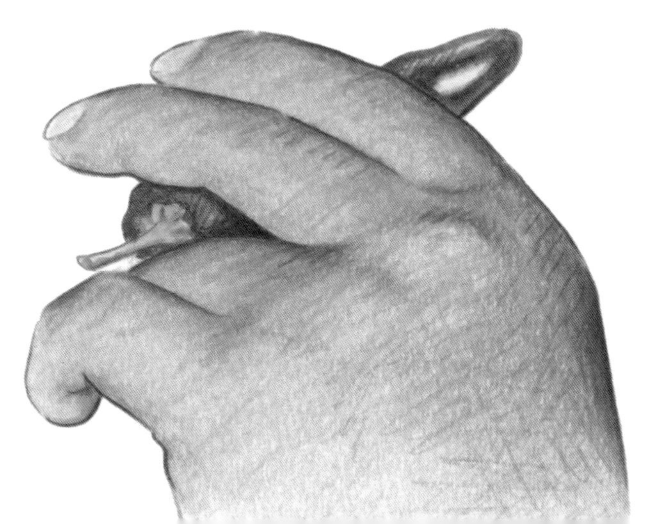

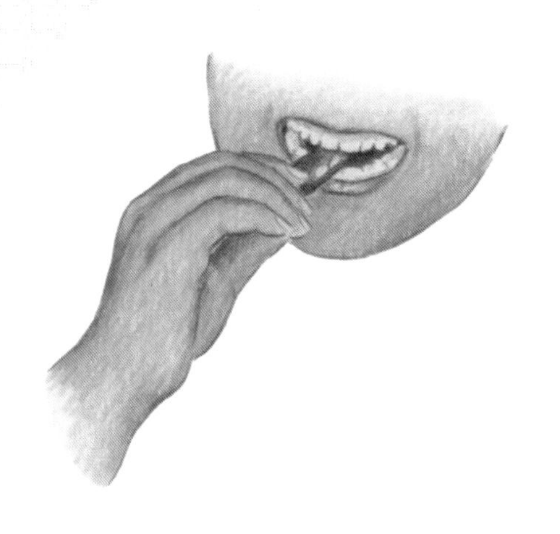

ボリボリ！

Crunch!

でも リマは この ひみつを あまり ながくは
まもれませんでした！

But she could not keep her secret
very long!

リマの かおが あつくなって
そして もっと あつくなって
そして もっともっと あつくなって そして、、、

Lima's face got hotter
and hotter and hotter and...

、、、口から 花火が ふきだしました！

...fireworks flew out of her mouth!

おかあさんが たすけに きました。
「水よ、水、水を のんでごらん！」

Her Mother came to help.
“Water, water, try some water!”

そこで リマは コップに いっぱい
つめたい つめたい 水を のみました。
それは ほんとうに おいしかったのですが、、、
でも まだ 口から 火が でています！

So Lima swallowed a whole glass of cold cold water
Which was nice ...
But her mouth was still too hot!

つぎに おとうさんが たすけに きました。
「アイスクリームだ、アイスクリーム、
アイスクリームを たべてごらん！」

Then her Dad came to help.
“Ice cream, ice cream, try some ice cream!”

そこで リマは ヒヤッと つめたい
アイスクリームを なんすくいも たべました。
それは とても すてきでしたが、、、
でも まだ 口から 火が でています！

So Lima ate dollops of freezing ice cream
Which was lovely ...
But her mouth was still too hot!

つぎに おばさんが たすけに きました。
「ゼリーよ、ゼリー、ゼリーを たべてごらん！」

Then her Aunty came to help.
"Jelly, jelly, try some jelly!"

そこで リマは プルプルした ゼリーを
やまほど たべました。
それは すばらしく おいしかったのですが、、、
でも まだ 口から 火が でています！

So Lima ate mountains of wobbly jelly
Which was yummy ...
But her mouth was still too hot!

つぎに おじいさんが たすけに きました。
「マンゴーだ、マンゴー、マンゴーを たべてごらん！」

Then her Grandad came to help.
"Mango, mango, try some mango!"

そこで リマは みずみずしい マンゴーを
まるごと ひとつ たべました。
それは とびきり おいしかったのですが、、、
でも まだ 口から 火が でています！

So Lima ate a whole juicy mango
Which was delicious ...
But her mouth was still too hot!

さいごに おばあさんが たすけに きました。
「ミルクよ、ミルク、ミルクを のんでごらん！」

At last her Grandma came to help.
"Milk, milk, try some milk!"

そこで リマは 大きな コップに いっぱい
つめたい ミルクを のみました。
すると ようやく、、、

So Lima drank a huge jug of cool milk.
Then slowly ...

リマは ニッコリと わらって、
「はぁ！」と いきを つきました。
「まっ赤な からい チリとうがらしは もう たくさん」
「ふう！」と みんなも ためいきを つきました。

Lima smiled a milky smile.
“Ahhhh!” said Lima. “No more red hot chilli.”
“Phew!” said everyone.

「さて、」と リマの おかあさんが ききました。
「まだ おなかが すいているの？」
「ううん、」と リマは おなかを おさえながら いいました。
「ちょっと たべすぎた みたいだわ！」

"Now," said Lima's Mum, "are you still hungry?"
"No," said Lima, holding her belly. "Just a bit full!"

For Lima, who inspired the story
D.M.

To all the Brazells and Mireskandaris,
especially Shadi, Babak & Jaleh, with love
D.B.

First published in 1999 by Mantra Lingua Ltd
Global House, 303 Ballards Lane, London N12 8NP
www. mantralingua.com

This sound enabled edition published 2013